UNE
NOCE AU BERRY

SCÈNE DE MŒURS BERRICHONNES

EN TROIS ACTES

Avec Orchestre de la « SOCIÉTÉ DES GAS DU BERRY »

PAR

MARQUIS DE LA BRANDE

CHÂTEAUROUX

TYPOGRAPHIQUE ET LITHOGRAPHIQUE L. BADEL

1891

28840

UNE
NOCE AU BERRY

SCÈNE DE MŒURS BERRICHONNES

EN TROIS ACTES

Avec orchestre de la « Société des Gas du Berry »

PAR LE

MARQUIS DE LA BRANDE

━━◆◆◆━━

CHATEAUROUX

IMPRIMERIE TYPOGRAPHIQUE ET LITHOGRAPHIQUE L. BADEL

——

1891

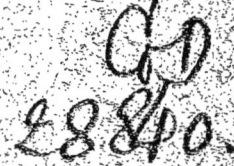

UNE
NOCE AU BERRY

Scène de mœurs berrichonnes en 3 actes, avec
orchestre de la Société des Gas du Berry.

PREMIER ACTE

La scène représente un intérieur de maison du
village du Crot, commune de Saint-Août. Au
lever du rideau, le père Flippon est occupé à
faire une *raisse*.

Scène Iᵣₑ

PÈRE FLIPPON, MÈRE CATHERINE

PÈRE FLIPPON

Argarde don, Catherine, qui qu'vin
là-bas que j'voi su l'caroué ?

MÈRE CATHERINE, *filant sa quenouille*

Ma gran foué, j'panse que c'est La
Brande ; y vins p'têtre bin cheu nous,
ça m'étounerais pas, c'est l'parrain de
Blaise.

PÈRE FLIPPON

Ma poure femme, si tu savais coume
ça me doune de la tormente de voir
c'gas fréquenter noute drôlière depeûre
six mois. Ah ! si y v'nait à la tromper,
'en mourrais d'chagrin ; queu déshou-
neur pour zeu et itou pour nous autres.

MÈRE CATHERINE

Acoute don, père, j'cré pas du Blaise
serait dans ceu z'idées-là ; il est arrié

surieu pour sou n'houneur, et pis j'pense
pas qu'l'Armance, noute fille, durerait
pas ; al baufutrè putôt.

PÈRE FLIPPON

Ça mé devins qu'faurais n'en finir,
l'père La Ramée me disi dimanche, en
sortant de la messe : « Père Flippon,
ou counaissai pa voute bounheur, d'bau-
futer mon gas ; n'en vlà in qu'dévirerais
voute locature ; al rapourterais une
fois d'pus. Ou savez bin, mon père Flippon, que quand qu'ou veins vieux, faut
d'laide. » Ça ma pourté au cœur d'panser qu'son gas pourrait v'ni gendre cheu
nous. J'y ai dit : « Père La Ramée,
j'yerrons à ça. » Et pis, y m'a smondé
d'prendre un verre. J'sons arrantré
cheu la Sophie Poil d'Alouette. Al a
apourté une bouteille ; tout en causant,
jons dit : Si j'déjeuniens ? Cte ch'ite
Sophie, en rin d'temps, al nous a servi
d'la tribal de Goret et itou du bon bodin. Ah ! j'ons bin mangé et bin bu !!

MÈRE CATHERINE (*entr'ouvrant la porte*).

La Brande, y s'est arrêté cheu La
Brosse et y y cause ; n'en vlà un qu'-
veut pas n'en dire du bin, dl'Armance ;
à la pas vlu qui la suve dans l'temps.

PÈRE FLIPPON

Acoute don, que j'te fénisse. L'père
La Ramée, y vlait s'en artorner pour
affener ses bêtes ; j'ly ai dit : Ou me
counaissez pas, faut bin panre une tasse
cheuz l'Sans-Pareil ; ou l'avez payé
l'goûter, c'est d'à mon tour de régaler ;
au moment que j'rantreins, qui que

j'voyons ? l'Armance qu'alle dansait anvec Blaise. Son p'pa y s'est jité d'couté pasque j'voyais des grous pleurs li sorti des yeux. Vois-tu, Catherine, c'est là qui m'a gangné, j'ai vu qu'il avait de l'amitiance pour son gas.

MÈRE CATHERINE (*jetant un regard du côté de la chambre de sa fille*).

Seigneur du bon Dieu que j'enrage ! L'Armance que fasait les lits, al a tout acouté c'que j'ons dit. Et pis vlà La Brande. — Armance, pourte à bouère aux couchons et mène les vaches à la fousse.

ARMANCE

J'ai pas féni.

MÈRE CATHERINE

Ça fait rin, ma fille, je l'ferai.

ARMANCE

Mon p'pa peut donc pas yaller ?

MÈRE CATHERINE

Non ! non ! non !

ARMANCE

Ah ! c'est t'y embêtant ! Tu sais bin que j'vlès serrer mes habits des dimanche ; je teins aussi in cotillon que vourais être rabillé.

MÈRE CATHERINE

Ah ! c'est-y endévant, ça ? acoute, Armance, tu vas me mette en malice, faut qu'ton p'pa fénisse sa raisse.

ARMANCE

Eh bin ! j'vas m'ansauver. (*La Brande entre.*)

Scène II

ARMANCE, LA BRANDE, PÈRE FLIPPON, MÈRE CATHERINE

MÈRE CATHERINE

Bonjou, La Brande.

LA BRANDE

Bonjou, mère Catherine ; bonjou, père Flippon ; et toué, p'tite, coume t'es rouge ; t'an teins, une mine ! Allons, allons, j'vois qu't'es boune à marier. (*Se retournant.*) Ou vous portez t'y bin tertous ?

PÈRE FLIPPON ET CATHERINE

Marci, marci, La Brande, marci bin.

ARMANCE

Qui qu'ou disez, chtit La Brande, ou savez bin que j'veux pas m'marier. Laissez-moué aller panser mes bêtes. (*Elle sort. Le chien la suit.*)

MÈRE CATHERINE

Sisez-vous don, La Brande, ou l'avez p'tétre bin frais ; et pis vous prendrez bin un verre de vin, pas vrai ?

LA BRANDE

Disé don, ça sera pas d'offense. J'ai marché, à c'matin, et creyez-moué que les chemins sont chtits. Les pieds s'dévirons dans les rouins, ou n'en est tout gavaut.

MÈRE CATHERINE

Allons, père, va don tirer un pichet de bouére, tu finiras bin ta raisse une autre fois. (*Père Flippon sort avec un pichet*).

MÈRE CATHERINE

Disé don, La Brande, c'est t'y pas pour voute filleu qu'ou venez. J'y songeais quand j'vous ai aparçu su l'caroué.

LA BRANDE

Oui, mère Catherine, c'est mon cousin La Ramée q'i m'anvie.

MÈRE CATHERINE

Da cause don qui l'est pas v'nu, li? C'est-ty berdin, un houme coume ça. C'est bin vré que depeure qu'il est vève y t'in pas tant d'gaîté, l poure houme.

LA BRANDE

Mère Catherine, si les accordailles s'fasons, y veinras. Faut bin qu'ou sétiez d'accord su c'que vous dounerez à voute fille, avant.

MÈRE CATHERINE

C'est bin vrai même que faut que l'père y y demande si a veut d'Blaise; j'pense que son p'pa y s'laira gangner; faut pas y dire que j'vous en ai causé, hein? y m'acagnerait.

PÈRE FLIPPON, *un pichet à la main*

Mon pour La Brande, j'tattendais pas à c'matin. Q'ment qu'ça s'fait que teu là? C'est pas que j'seu pas m'naise de te vouère, mais c'est pas ta coutume, à c'theur.

LA BRANDE

Dis don, chtit chin, tu cré p't'ètre que je pensais que tu serais pas là, que j'trouverais Catherine toute seule; t'es t'y jaloux, vilain laid?

PÈRE FLIPPON

T'es ben endêvé d'craire à des choses
pareilles, ça s'rais pas anvé un ami
qu'ou l'aurais des idées coume çu j'sons
ti pas téjou coume deux frères? C'est
pas parce que tu cordes pas dans mes
idées ; toué, tu vois que la République ;
moué c'est pas d'même ; ça nous empê-
che pas d'nous souveni qu'jons fait la
campagne d'Etalie, et qu'jons rapourté
des petits morciaux d'plomb, toué dans
l'échine, et moué dans ma chtite jambe
gauche ; je l'sens bin, quand qu'cé la
lune que s'change. Ça va pas nous em-
pêcher d'vider l'pichet; s'ment que j'sons
mieux là qu'à Magenta. Mets don du fro-
mage su la tabe, Catherine, et pis l pain.

LA BRANDE.

A ta santé, et vous Catherine, pareil-
lement.

MÈRE CATHERINE,

A voute omption, La Brande, marci.

LA BRANDE, *se grattant l'oreille.*

Dis don, Flippon, j'me seu treuvé
d'aller cheu La Ramée, mon cousin,
pour y d'mander qui l'envie Blaise curer
les foussés d'mon champ que j'tins à La
Villette ; s'ment que mon froment y
vins bin ; y m'disit : « Cousin, c'est à ton
sarvice, l'gas al'temps asthour. » Et pis y
m'a r'gardé bin surieusement, au bout
d'un moument, en disant : — La Brande, veux-tu me rendre un sarvice ? — Si
je peux, mon cousin, ou me counaissez.
— C'est pour ça, cousin ; tu n'es pas
là san avoir acouté dire que Blaise y

fait l'amour à l'Armance, la fille au père
Flippon, ton grand camarade de l'armée
de la guerre ; si tu vlais m'rende l'sarvice
de y demander si y vlais que j'fisse la
d'mande ; j'en ai parlé au père, dimanche, y m'a dit : « j'verrons, coume de
quoi ça s'ra bin à peu près à yeu conve-
nance ; j'tins du bon bien, des bons
bœufs, pas mal de berbiaiges, Dieu
marci, que devons rin à parsoune. Et
j'veux pas me r'marier. T'entends bin,
Flippon que j'cré qu'c'est du monde que
cordons dans vos idées ; et si je l'creyais
pas, j'voudrais pas qui venions jiter la
breuille dans voute maison. Seigneur
du bon Dieu, je m'en garderais bin, j'en
jure su ma foué !...

PÈRE FLIPPON

Dame, depeure dimanche, mon petit
La Brande, ça me bournage dans les es-
prits. Et pis, quand que j'tai vu v'ni ça
ma douné un dérangement... C'est
pas une petite affaire de marier ses
enfants... On s'demande si y s'ac-
corderont bin ensemble... Et pis y a
du danger, y pouvons avouère des petits... Ou sait pas c'que peut s'passer à
ces moumenls là...

MÈRE CATHERINE

C'est pas ça des raisons... j'en ai bin
avu... j'en seu pas morte... Faut bin
qu'a s'marisse, al tein l'âge... Tu counais ceu gens là, y sont d'noute rang...
Ah ! mon pour houme , j'serons ti ben
aise d'avouère noute fille cheu nous !...

PÈRE FLIPPON

Avant d'faire veni ceu gens là, faut

sarmouner l'Armance… Teins, la vla
qu'a reveins (*l'Armance entre*).

Scène 111

ARMANCE, LA BRANDE, PÈRE FLIP-PON, MÈRE CATHERINE.

LABRANDE *à l'Armance.*

Vins don te siser à couté d'moué
j'veux t'causer.

L'ARMANCE

Oh ! j'veux pas vous acouter, j'va
féni mes lits.

PÈRE FLIPPON

Armance, vins là, c'est moué que
t'parle.

ARMANCE (*rougissant*)

Qui qu'ou voulez, mon p'pa ?

PÈRE FLIPPON

La Brande vint te demander en ma-
riage pour l'gas de La Brosse… veux-
tu de li ?

ARMANCE

Ou voyez bin qui veut badiner, La
Brande… c'est sa coutume de faire en-
dêver les autres.

MÈRE CATHERINE

Ma fille, c'est surieux, et pis faut
n'en fénir.

ARMANCE

Ma mère, j'ai promis à iun.

MÈRE CATHERINE

Da ce que je vois, c'est La Brosse que
tu veux ?

ARMANCE

Nenni, y me plaît pas.

MÈRE CATHERINE

C'est t'y Blaise, dans ce cas ?

ARMANCE

!!!....

MÈRE CATHERINE

Ah ! ça, répondras-tu, tête enragée ?...

ARMANCE (*pleurant*)

Je sais pas...

PÈRE FLIPPON

Dis don, Armance, ma fille, je veleins badiner... mais le père La Ramé te fait demander par La Brande... Veux tu Blaise... Y te plaît ti ?

ARMANCE

Mon p'pa, où le savez bin... Depeur 6 mois que je nous suivons, j'nous étions promis... Et pis Blaise veinras demeurer avec nous autres... Je ferons l'ouvraige pendant qu'où vous arposerez... Ou vous velez ti que je vous bige, mon p'pa ?

PÈRE FLIPPON

Veins, ma fille, puisque t'es consente... Ah ! ça, La Brande, je pense que t'as pas pardu ton temps, à c'matin... C'est arrangé... Faut le dire au père La Ramée... Dimanche, je pourterons les bans ; après tu veindras souper avec l'père La Ramée et pis Blaise et j'irons dans la semaine acheter les livrées.

(*La toile tombe*)

———————◆———————

DEUXIÈME ACTE

Même décor. — Le jour des bans.

Scène 1re

MÈRE CATHERINE, ARMANCE

MÈRE CATHERINE

Allons, Armance, dépêche-toi, ma fille, faut arriver au bourg de boune heure. C'est pas que c'est bin long de pourter les bans, mais faudra ben que j'alliens le dire au curé, y serait pas content... et pis ou passera cheux la Louise pour tes coueffes.

ARMANCE

Faut ty que je prenne moune épingue en or... ça dersera mon calot.

MÈRE CATHERINE

Prends tout ce que t'as de pus biau, p'tite, ton p'pa y sera bin pu m'naise... Tu sais don pas qu'il est arriè fier... Ah! dam, si tu l'avais vu quand que j'nous suivions avec sa biaude brodée, et puis son chapiau neuf... y s'laissait pas monter su l'pied, j'ten jure bin...

ARMANCE

Blaise est bin de même, ma poure mère.

Scène II

PÈRE FLIPPON, MÈRE CATHERINE ARMANCE

PÈRE FLIPPON (*entrant.*)

Allons, allons, les enfants, la j'ment est garnie, faut-ty atteler? La vous don

qu'ya ma limousine.... ça béroisse....
faudra prendre vos capiches...

MÈRE CATHERINE

N'asse donc pas peur, rin manquera.

PÈRE FLIPPON (regardant par la
croisée.)

Ah ! j'vas atteler, v'la la compagnie
que veins. (Il sort.)

Scène III

LA RAMÉE, BLAISE, LA BRANDE
MÈRE CATHERINE, ARMANCE
MARIE CHOISY, cuisinière.

TOUS, à la cantonade.

Bonjour, bonjour ; et la santé ?....
Marci... Et tôi, Blaise ?... Marci...
(S'adressant à Armance.) Toué, Armance, coume t'es bramment dersée, à
c'matin...

ARMANCE

Dis don, Blaise, tu t'es don pas ar-
gardé dans l'mirroi..... T'as bin mis
tes biaux habits.

BLAISE

Dame, faut bin... on pourte pas ses
bans tous les jours... pas vrai, La
Brande ?

LA BRANDE

M'est d'avis qu'c'est coume ça, les
enfants...

PÈRE FLIPPON (entrant avec sa limousine).

Allons, allons, les gas, et pis les fu-
melles, en voiture... Toi, Blaise, tu

monteras par derrière avec l'Armance,
apourte don deux chaises.... (*Ils sortent*).

MÈRE CATHERINE, (*s'arrêtant*).

Marie Choisy, fais bin attention au
pot... soigne bin le jau.... Tu mettras
la nappe et dresse bin le couvert.

MARIE CHOISY, *seule*.

Les v'là don partis... C'est que j'ai
bin soué... L'diable me breille, a fine
fin de couri, ou ramasse l'asté... Pendant qué sont pas là, j'vas en tirer un
pichet, ça me dounera des forces, et pis
j'y mettrai un bout de suc (*Au moment
où elle boit, le Chambreux entre*).

Scène IV

MARIE CHOISY, LE CHAMBREUX

LE CHAMBREUX

Bonjour, Marie Choisy, t'es don là?

MARIE CHOISY

Oui, Chambreux... faut bin faire el
souper, pisque les maîtres sont pas là.
Tu sais bin qui marions leur drôlière
anque Blaise.

LE CHAMBREUX

Jé l'avais bin acouté dire, mais j'creyais pas que Flippon il arait douné sa
fille à c'gas... J'en dis pas d'mal, mais
la drôlière a bin pus de quoé que li...
Et s'ment que c'est une jolie fumelle...
Al teint de sa mère.

MARIE CHOISY

Crés tu qui devons rin su ce qui l'a-
vons?... Moi, je me seu laissé dire qui
redevions su leu locature.

LE CHAMBREUX

Dame ! acoute ben, j'sais que l'père
Flippon y tein d'largent... même qui
rend des sarvices à queuque monde du
caroué que le décrions... C'est téjou
coume ça... Ou peut ti empécher les
langues du monde ?

MARIE CHOISY.

C'est terjou pas moué que leu z'en
dounera, d'largent, si l'en avons point...
qué qu'ten dis ?

LE CHAMBREUX.

Allons, Marie, t'es pas ben malheu-
reuse... Dieu marci, t'as ben des jor-
nées, et puis tu sers quasiment toutes
les noces, ça fait que tu rempourtes des
restes pour toute ta semaine... Et pis,
de ce que t'es bin anvec la Poil d'A-
louette, ça te rend bin sarvice. Sais-tu
qu'alle est arnoumée coume fine cuisinière ? Et pis subtile pour el sarvice...
Pas trop chérande... on regarde à ça,
vois-tu... Faut que je m'en alle au
bourg sarcher du vétériol pour mette
dans mon blé... J'veux l'faire à c'te
semaine. A revouère, Marie, pourte-
toué bin.

MARIE CHOISY.

Marci, Chambreux. (*Chambreux sort.*)
A persent qu'il est parti, j'vons bouère
un autre coup... C'tanimau de Chambreux, y s'foure partout pour causer...
Y m'a bin détensé... Mais j'pouvais pas
el contreyé, pasque y disons qui fait des
sorts... Je m'déminfie d'li. (*Regardant
par la fenêtre.*) Vlà mes mondes que

r'venons ; y rions de bon cœur... On vôit bin qu'y a La Brande... Ah ! je vons ti nous amuser à c'soir... Tin, il avons mis des ribans à la bride de la j'ment... Ça doune de l'allure à cte bête.

Scène V

LES MÊMES. (*Tous les accordailleux entrent.*)

MÈRE CATHERINE.

Eh bin, Marie, c'est-y fini de derser le souper ?

MARIE.

Oui, mère Catherine... S'ment qu'ça sent bon, voute poule en daube, et le reste itou... Vos invités vont bin se régaler.

MÈRE CATHERINE.

Faut bin recevoir son monde... Y dirions bin que j'sons des malhureux... Armance, passe don l'pignier... J'ai achté cheu le p'tit Dioune des biscuits Augras et queuques perlicheries... Faut faire c'que faut... (*Ils se mettent à table.*)

PÈRE FLIPPON.

J'vas vous servi la soupe, si vous v'lez... J'sons mieux là qu'diors... J'avons s'ment bin avu de la chance que l'temps s'est armis ; sans ça j'nous serions bin enfondus. Pas vrai, père La Ramée, qu'c'est aguéryable d'être instruit... Vavez bin vu l'instructeur, coume il a avu vite fait ses acritures pour mettre les bans. Mé devins que dans une vingtaine d'années tous les paysans sauront lire épis écrire.

LA BRANDE,

Même que ça dounera bin de la tormente aux grous tout ça, qui n'en seront pas arrié contents. Quand q'cést au moument des élèctions, j'en counais qui disons coume ça, en vous tapant la main su l'épaule : Mon poure Pierre ou bin Francis, ou savez pas lire, vlà des bulletins tout faits... Ma foué, moué, à la dernière que s'est persentée, j'y ai dit simpelment que si j'savais pas lire, que Blaise, mon filleu, y me les ferait. J'vlai y faire acraire. Y m'a déviré deux chtits yeux ; et moi j'y ai dit tout bas : Pourte don ça à d'autes.

PÈRE FLIPPON

Dis don, maître La Brande, t'es pas terjou commode à brider.

LA BRANDE (*riant.*)

Allons, les gas, ça marche ti, bond ezi ? Asque j'voué que si vaviez des sounettes au menton, vous feriez quàsiment autant de bru que l'sacristain de Saint-Août quand qui met les cloches en branle.

ARMANCE

Disez don, La Brande, vous voulez ti bin nous conter queuque chose ?

LA BRANDE

Et qué que tu veux que je te conte, ma poure fille ?

ARMANCE

Parlez-nous don des gas du Berry, qui sónt si dévartissants.

LA BRANDE

Ah ! dame, t'as déjà l'air de nous
conter que faura les smonder à tes
noces.

ARMANCE

Si mon p'pa y veut et itou nos mon—
des, ça sra une boune affaire pour nous
dévarti, et coume ou l'étai bin avec
z'eux, vous, La Brande, sargez vous
n'en don.

TOUS

Oui, oui, c'est ça, je nous amuserons
ti !

LA BRANDE

J'y essayerai bin, mais si t'es trop
pressé, faut aller quéri Ragot... La
Marie Choisy alle va y aller... Flippon,
tu vas chanter une chanson.

PÈRE FLIPPON

C'est à toué, La Brande, ou bin le
Père La Ramée, il en counaissait des
braves dans son temps, c'était l'jau des
alentours.

PÈRE LA RAMÉE

Dites don, Flippon, j'étais pas yun
des moindes... Pisque j'sons en famille,
j'vas vous chanter *L'Fandeur*. (*Il
chante.*)

TOUS

Bravo ! Hardi les gas ! Farinons....
(*Ils s'embrassent.*)

LA BRANDE

C'est à toué, Flippon... tu sais bin,
stella que j'disions quand que j'ons tiré
au sort.

FLIPPON

Laquelle don ?

LA BRANDE

Tu sais bin ? *Varginie, les larmes aux yeux*... J'vas t'aider. (*Le père Flippon chante.*)

MÈRE CATHERINE.

Le diabe m'enrage, v'là Ragot que veins... ou l'entendez-ty, sa musette ?

TOUS (*se levant*).

Bravo ! bravo ! Vive Ragot (*Il entre en jouant*).

PÈRE FLIPPON.

Apourte don un verre pour Ragot.

RAGOT.

L'diabe m'brûle, j'ai bin souë.

BLAISE.

Da cause don que tu chantes pas, Armance ? Y a don qu'toi que diras rin ?

ARMANCE.

Mon pour Blaise, tu me fais ti rire, c'est bin pu tôt à touë d' chanter.

BLAISE.

Tu sais bin que j'sais qu'arioler les bœufs.

ARMANCE.

Si c'est coume ça, j'vas vous dire stella que j'ai appris en gardant mes bêtes (*elle chante : Je veins t'y voir belle Isabeau*).

PÈRE LA RAMÉE.

Allons, mes enfants, d'à présent qu'ou l'avez bin ri et pis bin mangé, Dieu marci, faudrait se quitter, mais ça sera que quand j'aurai dit c'que j'teins su l'cœur... Père Flippon, dounez voute main.... Pisque j'avons tombé d'accord su c'que j'donnerions à nos enfants, qu'à la jornée d'ojord'hui, c'est coume si l'étiens mariés, qui m'écoutions. Toi,

Blaise, et toi, Armance, où l'êtez des enfants qu'avons avu de bounes exempes de vos parents, qu'avont ramassé el déquoi qui tenons en travaillant. Faisez ben attention de pas l'dégarciller, j'allons vous mette dans l'bounheur ; moué, j'vas vande ma locature, ma taille épis mes champs... je ferons monter une étabé pour y mette noute chetel, pusque c'est l'idée à Flipon que j'deumeurions ensembe... Je retrouvérai enque vous autres le bounheur que j'tenais avant de parde ma poure défunte...

BLAISE.

Laissez-nous faire, mon p'pa ; coume ou l'savez, l'Armance a craint pas ses peines ; j'nou entendrons bin tertous... Pas vrai, mère Catherine, épis père Flippon... J'conserverons, de c'té mégneire, le fait qu'ou nous dounez.

MÈRE CATHERINE.

Pére La Ramée, j's'rons ti pas là pou leu zy faire vouère coument on s'y prenait, nous autes, quand j'étions jéunes... Et pis les petits veinront, ça leu zy dounera de l'intérêt.

PÈRE FLIPPON.

La Brande, je compte sur toué pour venir smonder les parents et amis aux noces... Et s'ment, faudrait qu't'acrisses à mon filleu qu'est soldat au régiment à Bourges, en Berry, l'gas à mon oncle Charliton.

LA BRANDE

Si ça te ferais rein, je coucherais là, c'est déjà tard, épi je ferai ta lettre.

PÈRE LA RAMÉE

Eh ben moi, je vas mettre la cocarde au ciel du lit... Armance, doune une épingle.... épis j'vons vous dire bonsoir.

TOUS

Bonsoir père La Ramée, bonsoir, père Flippon et arrié vous. Catherine, Armance, et itou La Brande... Allons, veins, Blaise.

BLAISE

Armance, faut que je te bije.

ARMANCE

Je veux bin, Blaise (*Ils sortent*).

PÈRE FLIPPON (*Sur la porte*)

Ça fait quierre de lune... mé devins que l'temps veut s'armette .. Armance, doune don l'encrier et arrié du papier pour qu'il écrisse ste lette.

LA BRANDE

Je veux bin... Ou l'avez ti soune adresse? (*Il écrit*).

PÈRE FLIPPON

Metz-y don qu'l'Armance al se marie anvec Blaise, son camarade de communion, qui veine aux noces.

LA BRANDE

Attendez, j'vas y mettre c'que fau : L'Crô, commune de Saint-Août, el vingt janvier 1891.

Mon chère fillen, j'técris ces deux mots d'lettre pour te dire que l'Armance, la fille à ton parrain Flippon, asse marie anvèque Blaise, ton camarade de communion; simplemnt que si tu pouvais veni pou les noces que s'feront el mardi qué le 15 de février. C'est de bon

cœur que ton parrain, la mère Catherine, l'Armance épis Blaise y te smon-
dons à yeu noce. Faudra demander au
colonel dé t'remplacer dans le sarvice
que tu fais. Y disons su les jornals que
c'est un boune houme, y demandera
pas mieux. J'tanvisson du bodin pour
sa femme et itou du pâté de goret à ton
parrain... Mais a c'que j'cré que tu ferais bin de y dire que les Gas du Berry
sarviront la noce... Tu diras qu'ça nous
ferais bin du plaisi si y pouvais y vni
anvèque sa femme ; que j'irai les sarcher à Ardentes, au chemin de fer. Si y
pouvais pas y vni, tu y rampourteras
du pâté à la citrouille et aussi de la
tarte aux prunes... Mon cher filleu, tu
quitteras pas tes hébits de soldat, ton
p'pa serait pas content. J'te dirai que
je l'ai vu, ton p'pa, y m'a dit que voute
vache al avait vélé, épis que la gorette
avait fait 18 cochons. S'il avait le bounheur de les attifier, quand que tu veindras, vous serez bin m'naise de vous
vouère tertous en boune santé. J't'écris
après le repas des accordailles. . j'seu
bin plein, et j'désire que la persente al
te trouve de même.

LABRANDE.

Poste à Christum. — Dis y, au colonel, que iavait Ragot, l'cormuseu, à
souper; que j'ons dansé, et que c'est la
Poil d'Alouette que fera la noce.

(La toile tombe).

TROISIÈME ACTE

Au lever du rideau, Armancé, en costume de
mariée, achève sa toilette; sa mère l'examine et
l'aide à poser sur sa tête la couronne de fleurs
d'oranger. Tous les invités sont présents et atten-
dent la mariée.

Scène 1re

LABRANDE, CHARLITON, _en mili-
taire_, PÈRE FLIPPON, BLAISE.

LABRANDE

Comme ça, Charliton. ton colonel et
arrié sa femme, il ont pas pu vni?

CHARLITON

Non, La Brande, maiment qui l'avé
l'air d'ète bin contrayé quan que j'ai
dépleuyé ma laite qu'ou m'avè écrit
pour y faire lire... Au bout d'un mou-
man y m'la jitter en m'disant : « Ani-
mal... Foutez-moi la paix ! » J'ai bin
vu qui l'était point content... En ar-
farmant la porte, j'ai entendu qui par-
lait d'salle de police... Ça devait pas
être pour moué, pasque j'y fasais que
des hounestetés, pavré, La Brande ?

LA BRANDE

Tu y avais bin fait présent du pâté
que j'tavions envié?

CHARLITON

Je l'ai posé sur son bureau ou qui
l'acrissé, y m'a pas douné l'temps
d'causé... y lèvè lès bras en l'air
coume in houme que s'neye...

LABRANDE

Mon pour fi, sans ça il arrai pas vlu

t'laissé vni... sarré bin fait des jolie
affer, que Blaise y s'marie sans touè.

CHARLITON

Sa fait tout d'maime une année de
pus d'passée... L'aute année, j'vourai
pu rin savoir... Si javais vlu j'tinrais
bin in grade... j'ai bin été au ploton,
mais quan que j'ai vu sque c'était, j'ai
tout envoyé à l'oursse. Je m'seu dit :
Pas d'ça... m'casser la tête à rin...
des galons, j'en veux point, j'pense
putôt a teni les basins d'la charrue au
père Charliton, et d'faire coume touè,
Blaise.

PÈRE FLIPPON

As tu vu... Blaise, croyais-tu pas
que y arré que touè que s'méterais en
ménage ?

Scène 11

Les mêmes, MARIE CHOISY

MARIE CHOISY (*entrant*)

Mère Catherine, l'Baron, ll envie la
pièce de vin par son domestique...
j'tins la chantepleure pour y mette.
Y m'a dit d'vous dire qui y vinrait peut-
ête bin as soir... J'ai vu cheu li in
Monsieur qu'a l'air bin aguéryabe, y
riait quan qui m'a vue... y disait :
« Baron, j'irai peut-être avec toi. » En
arsortant, j'ai demandé qui qu'cétait a
yeu sarvante ; al me dit qu'à pansé
que s'étai in grand artise de Paris, qu'a
tan d'arnoumée pour ses chansons.

PÈRE LA RAMÉE

Ou vous émaginez pas que se in grand

houneur d'arcevoir des artisses tou coume li... Sé pas terjou qui vlons m'ni dans noute monde.

MÈRE CATHERINE

Qui qu'ou disez là, père La Ramée, ceu gens là avons d'lesprit... Sè pus d'une fouè qu'la boune Dame Dudevant al y venait, maime que j'ai dansé la bourrée anvec zelle... Ah! qu'al carré bin... C'était pour les noces à Colin... Bounes gens! que les paysans de nos coutés avons pardu qu'an qu'alle est morte... al avait bin d'lestime pour noute pays.

PÈRE FLIPPON

Si Jauné qu'est pompier, y vint il tinra bin... Pour chanter, a li l'pompon, et pour flûter, c'est coume in marlau

MÈRE CATHERINE

Marie, pusque tout est prêt, Berlino tirera l'vin... touè, anvè les autes femmes, ou mettrez l'couvert, j'tan sarge, que ça siette bin derset (*s'adressant à Blaise*) as-tu les traisins et pis les anniaux? Y à ti la galette dans noute voiture et du bouère, pour aller au Bourg.

BLAISE

Oui, mère Catherine.

LA BRANDE, *regardant par la fenêtre.*

V'là Poil d'Alouette et les cornemuseux... Allons, tout l'monde est ti prêt?

(*On entend les grelots des chevaux; la Poil d'Alouette et les gas du Berry entrent enjouant l'*Branle des Cornards;

ils se placent de côté ; les mariés mar-
quent tous les invités ainsi que les cor-
nemuseux, et les embrassent ; puis
toute la noce défile en sortant, les cor-
nemuseux en tête.

Scène III

MARIE CHOISY, MÈRE FRANÇOIS, SOPHIE

MARIE

Ça va ti faire ine belle noce.... ça
pourte au cœur ceu musettes et arrié
les vielles.... La Brande, il a bin gangné son procès. J'sais pas si Monmon
va veni.

Tu peux bin pensèr, ma poure Marie,
que c'est li qu'est à la tête des Gas du
Berry, qui l'avons pas oublier? Il est
p'tète bin au bourg... s'ment que j cré
qu'il a sa petite drôlière en nourrice au
village du Bois.

MARIE, *regardant par la croisée.*

Ah! Sophie, l'Monmon a ti pas in
petit nourrisson à Saint-Août.

SOPHIE

Oui, c'est moué que j'y ai sarché la
nourice, la fumelle au petit cousin...
al vint bin... sé ine fameuse nourice,
boune en lait.

MÈRE FRANÇOISE

La Sophie, al a l'diabe au corps.....
ça n'en fait des nourices qu'al piace...
Qui disins c'qui vourins, cé ine fumelle
d'grand sárvice, et Sylvain y gueule
bin, mais ça dounerait tout c'que ça
tint.

MARIE

Disez don, les femmes, beuvez, don
in coup et pis dépeuchons-nous... Ou
les entendez, y dansons sur la place,
c'est la coutume... Faut apprêter deux
bols de bouillon anvé l'poivre... Ou
mettrez le balai en travers la porte, on
verra bin si c'est ine sans-souci l'Armance.

MÈRE FRANÇOISE, (*On entend les cornemuses*).

Les v'là! les v'là!... Barrez la porte
Laissez-les cougner (*deux coups de
pistolet partent*) Ecoutez don les coups
de pistolet... c'est ti brave...

(*Les gens de la noce chantent et disent
en chœur : ouvrez! ouvrez! Les portes
s'ouvrent; les gas du Berry s'effacent*).

Scène V

(*Tous les invités de la noce*).

JAUNÉ, *en pompier*.

MARIE, *mettant du poivre*.

Allons, Armance, tenez voute bouillon... Et vous, Blaise (*Ils boivent*).

MARIE

Varrez l'amour fidèle... vavez bin
pris l'bouillon. (*Ils entrent. Armance
ramasse le balai.*)

MÈRE CATHERINE

C'est bin, ma fille, t'es pas une sans-
souci. (*La mariée embrasse les femmes
et Blaise donne une poignée de main
aux hommes. Toute la compagnie se
met à table*).

JAUNÉ, *n pompier.*

J'veux m'mette en couté d'Charliton,
j'causerons.

PÈRE FLIFPON

Allons, les gas d'la noce, faut pas
vous laisser dévive... Sarvez-vous
ter vous... Berlino, toué apourte à
bouére... quan y ara pus d'vin, n'asse
pas peur, l'baron il en teint d'autre.

JAUNÉ

Dame, père Flippon, j'cré qu'y en a
d'grous poinsons d'toutes les mégnières
dans sa cave.

CHARLITON

Dites don, Jauné, avez-vous deux
tenues dans voute compagnie?

JAUNÉ

Oui, mon p'tit Charliton... Ça c'est
la pus brave que sert quan que l'lieute-
nant nous passe la revue ; l'aute c'est
pour les manœuvres comme quan que
j'allons dans les concours... S'tannée
qu'est passée, ou la été à Lignières et
pis à Buzançais... C'est en décide d'aller à Saint-Chartier, si y fasons in concours.

CHARLITON

C'est coume nous autes, j'avons aussi
deux tenues... mais mon poure Jauné,
c'est pu le même métier, ou l'est point
si gauche peur manœuvrer.

JAUNÉ

Dis don... dis don... j'savons ben c'
que c'est, j'ons été soldat aussi... et
pis anvé les commandants que nous

menons, j'craignons point les soldats d'l'armée.

CHARLITON

J'veux pas vous l'piqué dans voute tête de force, mais parlez n'en à qui que vous voudrez, c'est pus la même chouse.

JAUNÉ

Si tu nous avais vu quan que j'ons rempourté le premier prix à Buzançais, en défilant, les dames al nou apourtions des bouquets... Ça nous a pourté au cœur... Ou voyait qué c'était de l'amitiance.

CHARLITON

Tu racontes pas qu'ou l'étiez tous plaints... qu'ou l'avez pardu voute pompe.

JAUNÉ

Ah! c'est pas moué... Et pis, quán qu'on a féni son sarvice, on peut prendre un peu pus d'boisson que d'coutume... ça l'argarde parsoune.

MÈRE CATHERINE

Varse don à bouère, Flippon, d'ton couté les verres sont sè.

PÈRE LA RAMÉE

A voute boune santé la compagnie... et à Jauné qui dis rin... teu don pas content?

JAUNÉ

Si bin, mais faut que j'siette enviné pour jaboter... je vons bin chanter.

PÈRE FLIPPON

Les gas, j'demandrais l'silence pour Jauné.

TOUS

Bravo! bravo! hardi les gas!..
J'vons ti nous amuser!

JAUNÉ chante : *Maurice s'en va-t-a
la vigne.*

(*Tout le monde applaudit et boit à
sa santé*).

JAUNÉ

A qui l'tour ?

LA BRANDE

Au père Flippon.

PÈRE FLIPPON

(S'adressant à la mère Catherine).
Chante don, touè, vieille.

MÈRE CATHERINE chante: *Quand la bar-
gères en va-t-aux champs.*

RAGOT : *L'bon vin m'endort.*

LA NOURRICE A BLAISE : *Voilà 6 mois
que c'était le printrmps.*

LA BRANDE : *La chanson de la Mariée.*

CHARLITON: *J'suis caporal du 1er jour,*
etc.; etc.

(On enlève la table, on danse une
chaîne anglaise, une bourrée, une valse,
etc., pendant ce temps les mariés s'é-
clipsent).

MARIE CHOISY

Disez don, les mondes, la mariée est
partie s'coucher ; j'ai acouté qu'al disait:
Vins don, Blaise, allons-nous-en au
lit... parsoune nous a vus.

LA BRANDE

Je la trouverons bin... Fais don la
routie, Marie, j'vons y pourter.

TOUS

C'est ça, c'est ça... J'vons ti rire...

(Pendant que l'on prépare la routie, tout le monde danse).

MARIE (*une casserole à la main*)

V'là la routie (Les cornemuses cessent de jouer).

TOUS

L'avous qui sont ?.. Marie, fai nous vouere la porte de leu chambre.

LA BRANDE

Cogne à grands coups de pied... et la mère Françoise, chante la chanson de circonstance (La mariée se lève en jupon et camisole, Blaise en chemise).

CHARLITON, *prenant la mariée par la main.*

Allons, Armance, v'là la routie (Armance se frotte les yeux. Elle boit en suite ainsi que toute la noce. Les gas du Berry jouent : *Au pays du Berry.* Toute la noce danse en rond, le mari et la mariée au milieu.

Le rideau se baisse.

————

Châteauroux, imp. L. BADEL.

UNE NOCE AU BERRY

Représentée pour la première fois, au Théâtre
de Châteauroux, le 21 février 1891

Le père Flippon	MM. LAGOUTTE
La Brande	GILLET
Le père La Ramée	ADAIN
Blaise	REGNIER
Le Chambreux	LABORDE
Charliton	VAUCOULOUX
Jaune (*en pommier*)	ALFRED
RAGOT	RENY
Berlino	X***
Mère Catherine	M*** MIRAILLET
Armance	BARY
Marie Choisy (*cuisinière*)	ADAIN
La mère Françoise	MÉLIANTOIS
Sophie Poil d'Alouette	LAGOUTTE
La nourrice de Blaise (*per-* *sonnage muet*)	THIBOUT

Paysans, Paysannes, Cornemuseux, Vielleux, etc.

———

*On peut se procurer la pièce dans toutes les librairies locales
et chez l'auteur M. AUGRAS, fabricant de biscuits, à Châteauroux.*

———

ERRATUM. — Page 19, au lieu de : *je veux*
lyrou... belle Isabeau, Armance chante : *Les*
choiseux du Berry.